D0503726

Sapos

Lada Josefa Kratky

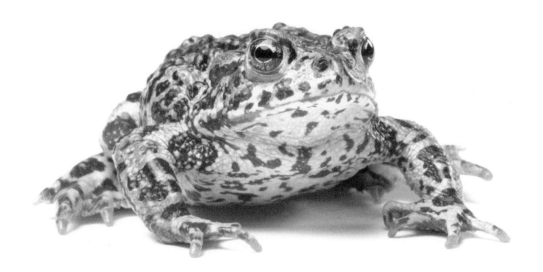

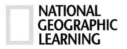
NATIONAL
GEOGRAPHIC
LEARNING

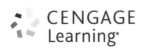
CENGAGE
Learning·

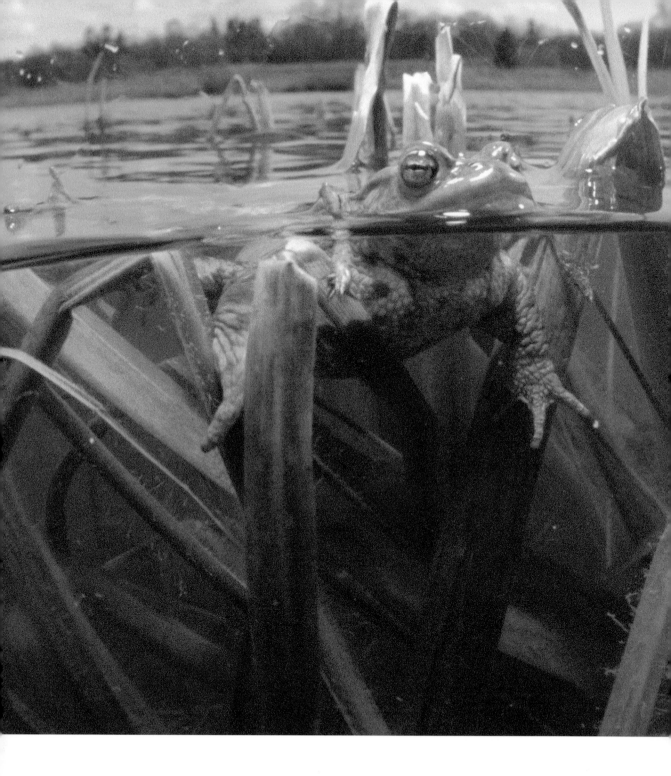

¿Ese es un sapo?

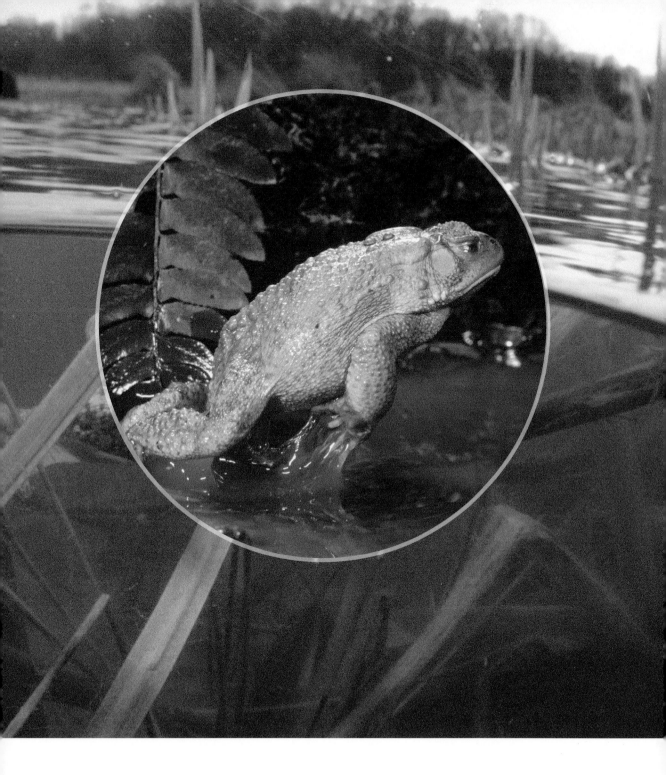

Sí, ese es un sapo.

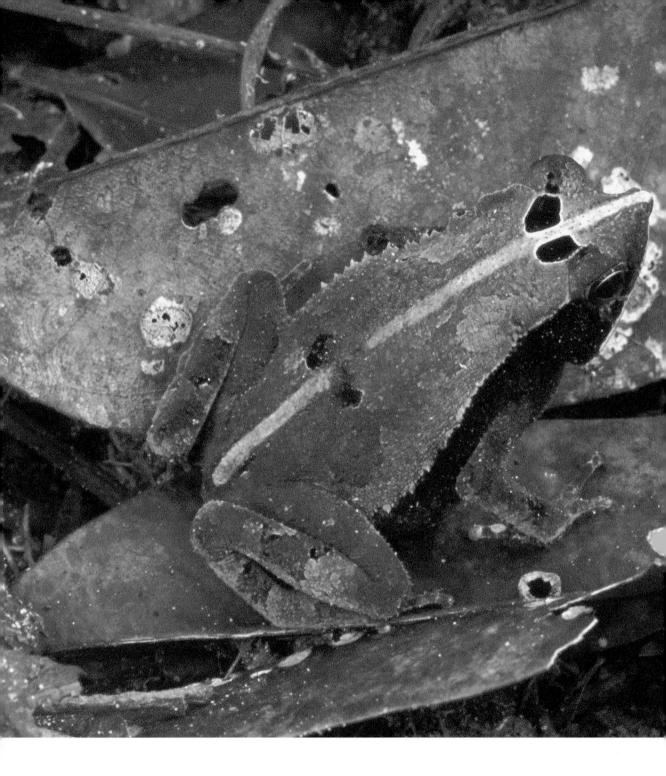

¿Ese es un sapo?

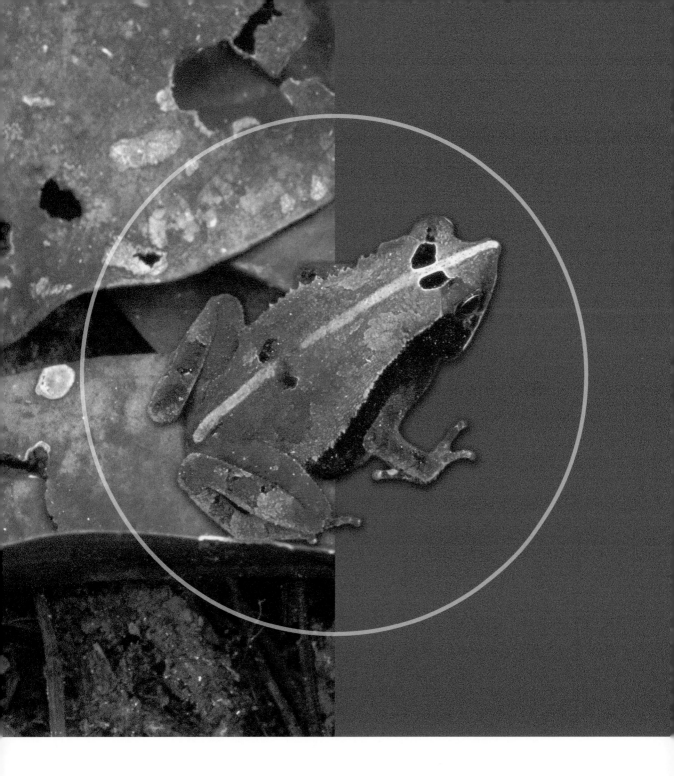

Sí, ese es un sapo.

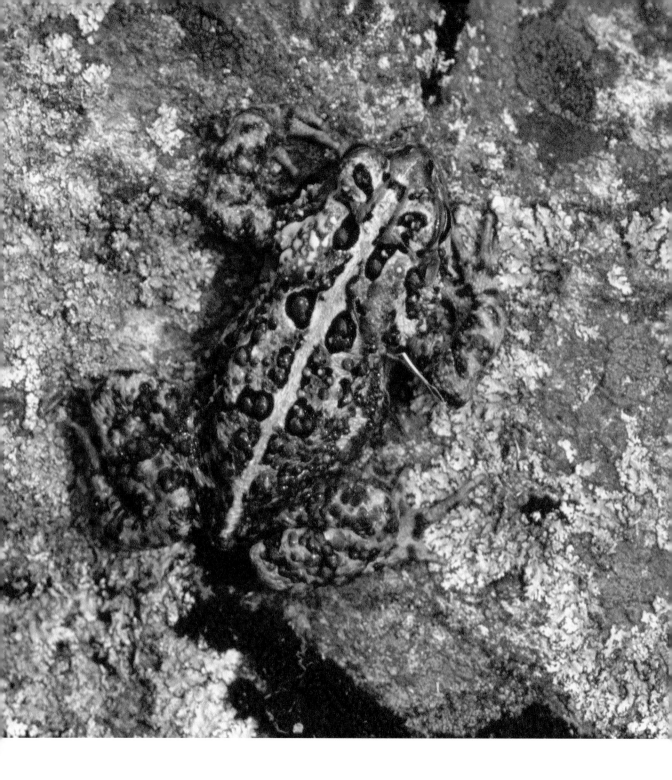

¿Ese es un sapo?

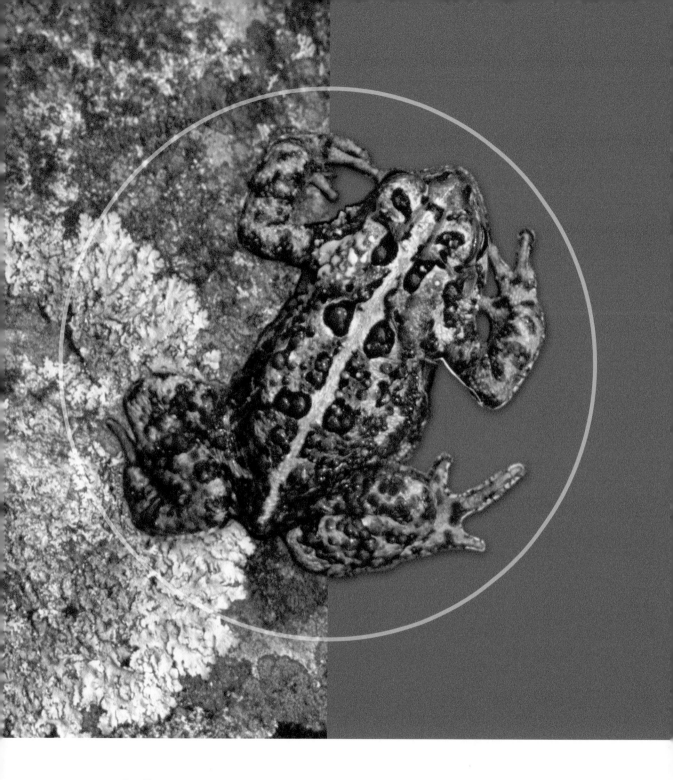

Sí, ese es un sapo.

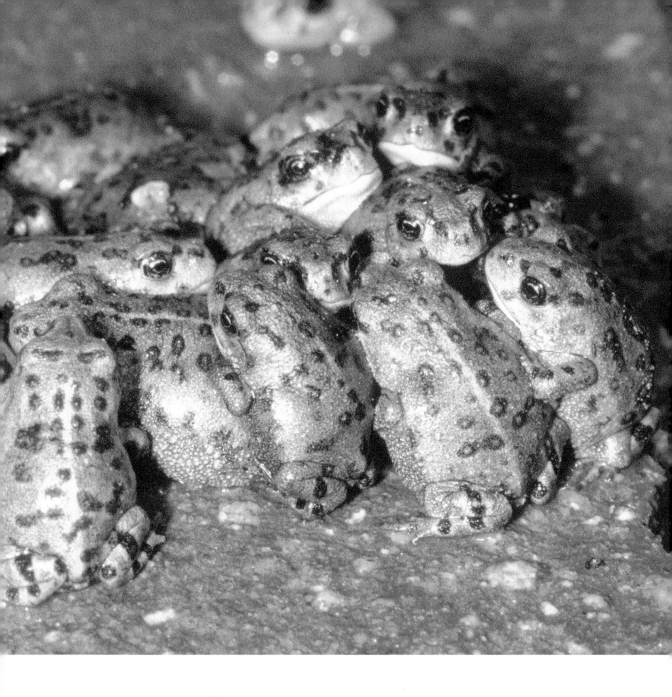

¡Sapos, sapos,
sí, más sapos!